후회 없는 人生이 어디 있으랴

김윤홍 다섯 번째 시집

후회 없는 人生이 어디 있으랴

초판 1쇄 발행   2022년 5월 2일

지은이 | 김윤홍
만든이 | 이한나
펴낸이 | 이영규
펴낸곳 | 도서출판 그린아이

등록 연월일 | 2003. 12. 02.
등록 번호 | 제2-3893호
주소 | 서울특별시 은평구 녹번로 6-11, 201호
전화 | 02)355-3035
이메일 | gmh2269@hanmail.net

ISBN 979-11-91376-08-1(03810)

후회 없는 人生이 어디 있으랴

김윤홍 다섯 번째 시집

그린아이

다섯 번째 시집을 내며

공자는 한나라 때 만들어진 시경의 300수를
다 암기하고 있었다고 전해집니다.
그는 세속에 찌들어 사는 인생들에게 시야말로
진실하고 순수한 마음으로 돌아가게 하는 힘이 있다고
생각했기 때문일 것입니다.

공자는 시에 대한 생각을 이렇게 말했다고 합니다.

-마음으로 느낀 것을 밖으로 표출하는 것이다.
-세상 돌아가는 상황을 알게 한다.
-세상과 소통하게 하며 방종과 타락에 이르지 않게 한다.
-스트레스 해소에 도움을 준다.
-인간 존재의 정체성을 깨닫게 한다.
-자연계를 통해 자연의 원리를 알 수 있게 한다.

독자 여러분께서는 시를 어떻게 생각하십니까?

시에 대한 생각은 백인백색으로 다를 수 있습니다만
시를 높은 절벽으로 생각하지 마시고
지금, 종이와 펜을 준비하시고 써내려가 보세요.

저같이 부족한 사람도 시인이라 불리는 것은
쏜살같이 지나가는 영감을 부여잡고
글쓰기를 멈추지 않았기 때문이랍니다.
물론 멋진 시인은
글로써 자기자랑하는 글장난쟁이가 아니라
삶의 지혜와 깨달음을 더불어 나누고자 하는
착한 마음씨를 가진 이웃이라 여깁니다.

이 시집을
2020-2022년 코로나 시기에
어려움을 헤쳐 온 분들에게 바칩니다.

차 례

차 례

달콤한 슬픔

수줍게 피어난 단풍잎 사이로
햇살 담은 열매가 붉게 익어간다

하늘이 점점 높아지는 계절이 오면
소싯적 가을운동회를 떠올린다

그때 나와 눈맞춤했던 홍시와 연시
난 올해도 가을의 품에 안겨

달콤한 슬픔을 맛본다
그날의 그리움을 삼킨다.

거기서 거기

잠시 빌려 쓰는 건지도 모르고
내 것인 양 고집하며
갯고동을 뒤집어쓴 바닷게마냥 살아간다

별 생각 없이 사는 사람들은
관습의 노예, 전통의 노예로
그저 그렇게 한세상을 살아간다

조금 안다는 사람들은
신념의 노예, 사상의 노예로
고집부리며 살면서 나이를 먹어간다

살아보니 다 거기서 거기다
허나, 하루를 살아도 진리를 만나야 하리라
헛되지 않은 인생길을 찾아야 하리라.

보석의 탄생

땅속 깊은 곳에서 마그마에 달궈지고
화산 불구덩이 속에도 들어가 보고
공중에 솟구쳐 날아오르기도 하고
다시 깊은 땅속에 묻혀 흑암에 짓눌리며
긴잠자고 일어났다

큰비에 씻겨 얼굴 한번 내밀었더니
욕심덩어리들이 나를 보석이라 불러준다
영롱한 빛을 담고 있지만
난 원래 돌덩이였고
여전히 부서진 돌덩이일 뿐이다

나는 작은 돌덩이일 뿐이다.

사과

불그스름한 얼굴은
수줍은 아가씨마냥
그저 타고난 고운 빛이다

한 입 깨물어 보니
햇살의 뜨거움이 녹아 있고
초록바람의 향기를 품고 있구나

두 입 깨물어 보니
농부의 거친 숨소리가 녹아 있고
별세상의 판타지가 들려오는구나

세 입을 깨물어 보니
햇살 가득 여름이야기가 들려오고
기억 저편의 감동을 맛보게 하는구나.

은행나무

벼 이삭보다
더 노랗게 익었는데
우두커니 서 있는 은행나무는
외로움에 떨고 있다

외로움의 끝에서
외로움을 받아들인다
잎사귀들 하나 둘씩
땅으로 내려보낸다
이파리들이 눈처럼 쌓인다
바람이 흐르는 곳으로 간다

가을과 겨울 사이
그 빛깔 곱던 멋쟁이가
만사가 거추장스러운 듯
훌훌 옷을 벗어 던져 버린다
부끄럽지도 않은가 보다.

귤

노란빛으로 다가와
귀여운 자태를 뽐내며
스치는 향기조차 짜릿한 너
매끈하고 토실토실한 그대여

제발
싱싱한 귤이 되어다오

썩은 귤 곁에 있다 보면
아무도 모르는 한순간에
곰팡이에 물들어가고
함께 썩어갈 것이다

예쁜 그대여 우리는 과연
그냥 이대로도 괜찮은 걸까?

사계절 단상

봄, 여름, 가을, 겨울
계절 따라 꽃은 피고 진다
봄꽃은 추위를 이겨낸 모습이 신기하고
여름꽃은 더위를 이겨낸 모습이 대견하고
가을꽃은 장마를 이겨낸 모습이 향기롭다

철지나 피는 꽃은 철없이 핀다
철지난 꽃도 아름답다
누가 알아주고 챙겨주지 않아도
기어코 꽃을 피워냈기 때문이다
세상에 아름답지 않은 꽃도 있을까?

꽃들은 이렇게 피고지고 피고 지는데
사철 푸른빛 소나무와 전나무는
피고지고 피고 지는 걸 왜 모르는 걸까?
늘 그 자리에서 제 할 도리 다 하는데도
피고 지는 걸 알아차리지 못하기 때문이리라.

철지난 장미

내가 말했잖아
모두가 늦었다고 생각하지만
어느 날엔가 봉오리 맺히고
장미는 피어날 수 있을 거라고…

내가 말했잖아
그때가 언제일지는 알 수 없지만
분명 꽃을 피울 거라고
분명 꽃을 피울 수 있을 거라고…

사철 푸르른 구상나무들이
성탄절을 준비하는 계절에
작지만 빨간 입술이 열리고
철지난 빨간 장미로 피어났다

잘못한 게 아무것도 없는데
빨간 장미가 웬 말이냐고 난리들이다
철지난 장미가 웬 말이냐고 수군거린다
너무 늦게 피지 않았느냐고 신기해한다.

가을비

가을 비바람이 웅웅거리며
세차게 앞산 뒷산을 때린다
가로수를 여지없이 흔들어댄다
나뭇잎들이 사시나무 떨듯 하다가
이내 눈보라가 되어 날린다

세찬 바람을 아무도 저항할 수 없다
입동立冬이 지났어도
겨울이 오고 있다는 것조차
까마득히 잊고 사는 이들에게
따끔한 메시지를 날린다

이제 곧 겨울이 온다고….

까치 한 마리

찬서리
센바람 한 방에
추풍낙엽이 되어
벌거벗은 마로니에

아름드리 나무
맨 꼭대기 가지에
까치 한 마리 날아와 앉는다
왕이라도 된 듯 우쭐대다가

주위를 빙 돌아보더니
혼자서는
아무런 재미가 없다는 듯
서둘러 자리를 뜬다.

새벽닭 우는 소리

꼬끼오~ 꼬끼오~
새벽닭 우는 소리
어서 일어나라고
일어나 기도하라고 깨운다

꼬끼오~ 꼬끼오~
어느 날엔 새벽 3시에도
자다가 깰 때라고
일어나 기도하라고 외친다

꼬끼오~ 꼬끼오~
새벽을 깨우는 소리는
닭 우는 소리가 아니다
세상을 향해 부르짖는 외침소리다.

망각

눈에서 보이지 않으면
마음에서도 멀어지게 되더라
생각에서 멀어지면
기억 저편으로 사라지게 되더라

지난 일을 어찌 다 기억할 수 있을까?
저절로 잊혀지는 것도 은혜일 것이다
잊지 말아야 할 것은 소금언약이다
그것은 삶을 지탱하게 해준 소망이다

추억상자에 담긴 상처와 괴로움은
회개의 강을 통과하며 소멸되어야 하리라
잊히려면 용서하라 또 용서받으라
망각 속에 잊혀지게 되리라

시시콜콜 다 기억해서 무엇 하리
잊지 말아야 할 것도 많겠지만
잊어야 할 것은 잊혀져야 한다
망각도 주님의 은혜가 아니겠는가?

미움

네가 사라지지 않으면
내가 떠날 수밖에 없지만
어딜 가나 이 괴물은
나를 따라다니며 괴롭힌다

사람들 붐비는 거리에서도
무성한 풀숲을 홀로 지나도
그림자처럼 따라다닌다
거머리처럼 붙어다닌다

이리저리 발길을 옮길 때마다
적군이 되어 오싹하게 나타난다
목구멍에서 독설을 내뿜어댄다
저리 꺼져버리라고 저주해본다

어느 날엔가 어디에선가
무심코 버린 검劍이 있었다
검은 오랜 시간이 흘렀음에도
무서운 괴물이 되어 되돌아왔다.

상처

나 아픈 것만 생각하며 살았다
너 아픈 것은 생각도 못하고…
너에게 받은 상처는 앙금이 되고
옹졸한 내 가슴을 조이고 있었구나

나도 이렇게 아픈데
너도 많이 아팠겠구나
상처 준 사람은 잊어도
상처 받은 사람은 잊지 못하는 법이지

서로가 받은 상처 감싸주며
이 눈물 골짜기를 건너가보자
상처가 꽃이 되고 훈장이 되도록
예쁜 눈으로 바라보며 사랑해보자

너나 나나 이 세상천지에
상처 없는 사람 그 어디에 있을까?
잊을 수는 없어도 용서하며 살아보자
사랑하는 내 인생을 위해서.

누에고치에게 배운다 (1)

누에고치에는
바늘 구멍만한 틈새가 있답니다

나비는 그 틈으로 나오려고
꼬박 한나절을 애쓰고
그 힘든 과정을 겪고 나서야
하늘을 향해 날개를 폅니다

어떤 사람이
안쓰러워서 누에고치에
구멍을 뚫어 주었답니다
그런데 구멍을 벗어난 나비는
날지 못하고 죽고 말았답니다

좁은 구멍을 빠져 나오려는
나비의 발버둥과 몸부림은
공중을 날 수 있는 용기를
만들어 주었기 때문이랍니다.

누에고치에게 배운다 (2)

뽕잎을 먹은 누에는
비단 실을 만들어내는데
나는 무엇을 만들어내고 있는가?

밥도 먹고 떡도 먹고
지식도 먹고 교양도 먹고
좋은 것들을 잘 먹고 살아왔는데

왜 나는
비단 실을 만들어내지 못하는가?
왜 나는
비단 실을 만들어내지 못하는가?

은찬이에게

넌 참으로 복 있는 아이로구나
믿음의 가정에 태어났으니 말이다

네가 살아갈 세상은 정글이란다
죄와 불의와 불신앙 때문이란다

험한 세상에서 믿음으로 승리하려면
믿음의 가르침을 받으면서 자라거라

세상 어딜 가나 주님 손 붙잡고 가거라
무엇을 하든지 예수 그리스도와 함께하고

세상에서 힘든 현실에 마주치더라도
하늘에 계신 하나님을 응시하거라

절망 속에서도 희망이 있음을 알거라
부지런히 하나님을 찾으며 동행하거라.

손주의 재롱

2020년 1월 31일
떨린 가슴으로 너와 마주한 날은
내겐 두렵고 떨리는 순간이었단다

두 돌도 안 된 너의 미소와 익살
누가 가르친 것도 아니고
누구에게 배운 것도 아닌데…

뒤뚱거리다 넘어지기를 반복해도
울지 않고 일어나는 모습이 대견하다
좌충우돌하는 네 모습에서
네 아비의 어릴 적 모습을 본다

부디, 건강하게 자라다오
지혜로운 아이로 자라다오
남 생각할 줄 아는 아이로 자라다오
널 세상에 보내신 이가
기뻐하시는 인물이 되어다오.

무창포

무창포 해변의 낮은 파도소리를 들으며
그대가 남긴 사랑의 말들을 생각합니다

수평선 해질녘 붉은빛 노을 속에서
그대의 미소 짓는 모습을 떠올려봅니다

온몸을 스치는 포구의 밤바람 속에서
그대의 부드러운 숨결을 느껴봅니다

보드란 모래사장의 발자국 따라 걸으며
그대의 발자취를 찾아봅니다

젖은 모래 위에 쓰여진 사랑고백을 보며
지나가버린 청춘의 날들을 떠올려봅니다

물가에서 신나게 뛰노는 손주의 모습을 보며
그대를 생각하며 그리워합니다

그대와 함께라면 얼마나 좋을까요?

-무창포 해변에서(2021. 6. 30)

옥탑방 생활

나보다 먼저 마로니에 나무에 둥지 틀었던
참새들이 아침마다 행복한 노래를 부른다
가끔씩 창가에 다가와 고개를 흔들며 인사한다
앞집, 옆집, 뒷집을 드나들며 소식을 전한다
나에게 이곳 생활이 어떠한지를 묻는다

옥탑방은 펜트하우스다
새들이 상큼한 목소리로 하늘소망을 전해주고
하늘이 보이고 하얀 구름 덮인 산이 보이고
찬양 속에 새아침을 시작할 수 있기 때문이다
하늘이 가까워 주님과도 더 가까워진 것 같다

우리 부부가 사는 옥탑방 텃밭에
날씬한 까치와 덩치 큰 까마귀도 들락날락
나보다 더 텃밭을 잘 돌보고 있다
본래 그들의 삶터였으니 뭐라 할 말이 없다
난, 잠시 머물다 갈 것이기 때문이다.

봄눈 내리다

겨울답지 않은 겨울을 보내며
하아얀 눈 구경도 못하고
봄을 맞이하나 싶었는데
밤새 세상이 하얗게 바뀌었다
왠지 낯선 풍경이 반갑기만 하다
코끝을 스치는 아침바람이 향기롭다
미세먼지는 이제 다 사라진 것일까?

까만 밤이 온다고
진실이 가려지는 것은 아닐 게다
세찬 비가 내린다고
더러움을 다 가져가지는 못하리라
구부러진 생각들과
갈라진 마음들이 부딪히는 불협화음은
오늘도 귀 고막을 아프게 한다
나는 어디에 둥지를 틀 수 있을까?

올해에는
봄다운 봄을 맞이할 수 있을까?

봄날은 간다네

시린 겨울을 견뎌내고
가장 먼저 미소를 머금고 피어난
매화가 하는 말
길손과 눈도 다 마주치기도 전에
분홍빛 봄날은 한순간이라네
오늘을 가장 소중하게 사시게

세상을 노란 물결로
수놓고 싶은 야심을 버린
산수유, 유채꽃, 수선화, 개나리
이들이 한 목소리로 하는 말
금쪽같은 봄날도 잠깐이니
마음을 비우고 햇살이나 즐기시게

한 점 흠도 없이 피어나
순결한 세상을 꿈꾸던
벚꽃, 살구꽃, 목련, 배꽃
이들이 합창으로 들려주는 말
화창한 봄날 또한 한순간이라네
그것도 모르면 사람이 아니라네.

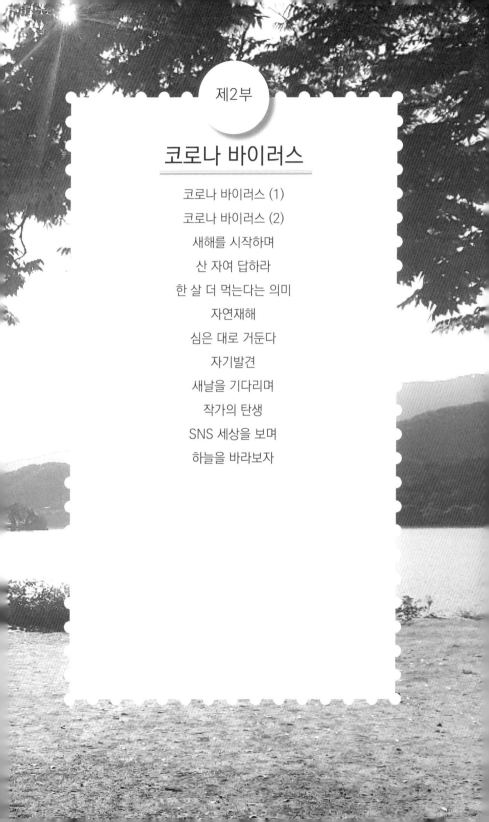

제2부

코로나 바이러스

코로나 바이러스 (1)

총알도 아닌 것이 대포도 아닌 것이
두려움을 싣고 화살처럼 날아와서
만물의 영장이란 사람들을 넘어뜨린다
많은 사람이 죽음과 사투를 벌이고 있다
한순간에 주검이 되는 참담한 현실에서
불안과 공포를 떨쳐낼 수가 없다

눈도 없는 것이 귀도 없는 것이
발자국도 남기지 않고 달려들어
남녀노소 가리지 않고 넘어뜨린다
국력도 필요 없고 국경도 가리지 않는다
다음 차례는 누구일지 불안에 휩싸인다

이기심에 눈멀어 창조질서를 무너뜨리며
오만방종으로 떠들어대던 인생들에게
헛된 교만과 욕망을 자부심으로 포장하고
허무맹랑한 지식에 매달려 사는 자들에게
인간의 무지와 몽매를 깨닫게 한다
인생을 지으신 창조자의 뜻도 모르고
감사의 대상도 모르는 자들에게
일상의 소중함을 깨우쳐준다.

코로나 바이러스 (2)

침방울을 통한 감염병이
제 세상을 만난 것인 양 위세를 떨친다
저마다 입을 가리고 사는
낯선 풍경은 이 계절에도 계속된다

행여나 바이러스 침방울이
그 누구를 통해서라도
내게도 다가올 수 있기에
마스크 행렬에서 벗어날 수 없다

왜 아무런 잘못도 없는데
어쩌다 이런 일이 생겨난 것일까?
분명 인생들이 자초한 재앙일 것이다
인생들이 잘못 살아온 결과일 것이다

설마 나는 아닐 거라고 생각하지 말자
나와는 상관없는 일이라고 생각하지 말자
하늘을 우러러보지도 못하던 세리처럼 엎드리자
성찰하고 회개하며 자비를 구하자.

새해를 시작하며

무너진 돌담 사이로 음산한 바람이 불고 있다
괜찮을 거라고 위로하며 우습게 여겼는데
죽음의 그림자는 오늘도 이곳저곳을 기웃거린다
큰 욕심 부리지 않고 살아온 착한 이들이
이리 허무하게 갈 거라고 누가 상상이나 했으랴

작고 소소한 것들에 울고 웃던 일상이 그립다
마스크에 가려진 일그러진 모습들을 보면서
불평거리 쏟아내며 살던 때를 추억해본다
과연 이대로 예전 생각을 고집하며 살아도 될까?
부지런히 마음을 닦아내고 생각을 다듬어본다

세상은 죄와 전쟁의 소용돌이로 사라지리라
허나, 절망할 수밖에 없는 때라도 희망을 가져야 하리라
대마초 연기에 몽롱한 채로 휘청거리기보다
무지와 독선과 교만의 올무에서 빠져나와
인생을 새롭게 할 기회를 찾아내야 하리라.

산 자여 답하라

코로나 바이러스가 노크도 없이 찾아온 후
늘 정답던 가족에게 작별인사도 못하고
마지막 가는 길에 배웅조차 못하고
가족을 떠나보낸 마음들은 슬프고 슬프다

예전의 일상이 다시 찾아온다 해도
사무치는 그리움을 무엇으로 달랠까?
이처럼 허무하게 생을 마감할 줄이야
다음은 누구더냐 산 자여 답하라

과학이라는 이름으로 인간만능을 찬양하고
만들어 파는 일에만 정신없이 바빴다
그냥 쓰고 버리면 그만이라 생각했다
풍요로움에 혼미해지고 넋을 잃고 말았다

자연을 자연 그대로 두지 못하고
남용하고 오용하고 망가뜨리며 살았다
우리는 분명 역습을 당하고 있는 것이다
우리는 이쯤에서 깨닫고 돌이킬 수 있을까?

코로나가 상처를 남기고 떠나가도
인간은 어리석음을 되풀이할 것이다.

한 살 더 먹는다는 의미

천지사방 어딜 가나
해 뜨면 달 지고
달 뜨면 해 지누나

떡국 한 그릇에
나이 한 살 더 먹는
새해 설날이 찾아왔다

선물로 받은 시간들
한 살 더 먹는다는 것은
분명코 소중한 선물이다.

자연재해

주께서는
때때로 바닷물을 뒤집어놓으시고
인생들을 회오리바람으로 날려버리시고
인생들의 수고를 홍수로 쓸어가시나이다

주께서는
온갖 수고가 허사가 되게 하시나이다
땅이 입을 벌리면 빠져나올 자 누구일까요?
한순간 세상을 잿더미로 만들 자 누구일까요?

인생들이여
봄, 여름, 가을, 겨울이 가는 동안
하루가 가고 또 하루를 사는 동안
갑자기 떠나가버린 사람들을 생각해보자

그대도 나도
어느 날 갑자기 예고도 없이
이 세상을 떠나게 될 것 아닌가
더 이상 세상에 미련두지 말고 살아가자.

심은 대로 거둔다

농부가 아니라도 우리는 알고 있다
성공한 사람이 아닐지라도 다 안다
심은 대로 거둔다는 사실을

남들 보기에는
어느 한순간의 일처럼 생각되어도
씨 뿌리며 가꾸느라 땀 흘린 수고가 있었다

그럼에도 잘 된다는 보장은 어디에도 없다
햇빛과 공기, 바람과 비는
우리 맘대로 할 수 없어서다

그래서 옛사람들은 말했다
하늘이 도와야 한다고
하늘이 복을 주셔야 한다고 했다.

자기발견

허영과 자만심 속에 사는 이들이여
무엇을 손에 쥐고 기뻐하는가?

욕망의 늪에서 허우적대는 인생이여
끝없는 욕망으로 무엇을 얻었는가?

우린 소떼를 끌고 유랑하는 유목민이다
한 조각 나뭇잎 배와 다를 바 없는 떠돌이다

하나님 앞에서 인생은 먼지에 불과한 것이다
그야말로 그대는 아무것도 아닌 것이다

주어진 모든 걸 혼자 누리려 말라
머잖아 허무의 늪에 빠지고 말 것이니…

모든 게 한때인 줄 알고 오늘을 살라
모든 것은 지나가는 한 순간이려니…

새날을 기다리며

오랜 옛날부터
우리는 편을 가르며 살아왔다
늘 우리 편이 더 낫다고 생각하면서 살았다
싸움판이 벌어진다면
무조건 우리 편이 이길 거라고 믿으면서
이유도 없이 이웃을 미워하며 공격해왔다

우리 편에 충성할 것을 다짐하면서
동물들이나 하는 한심한 일을
사람의 탈을 쓰고서
그 싸움을 오늘도 계속하고 있다
우리가 아직도 동물이기 때문일 것이다

어리석은 생각은 예전 그대로인데
과연 새로운 날들은 올 수 있을까?
닭이 울면 새벽은 오는 것일까?
새벽이 오기에 닭이 우는 것일까?

작가의 탄생

잠깐 스쳐 지나가는 생각을 붙잡아
까먹지 않고 기억해 놓으려고 펜을 든다
생각이 이끄는 대로
한 줄 한 줄씩 써내려간다

샘물이 빗물과 만나며 계곡을 이루듯
씨줄이 되고 날줄이 되어간다
시가 되고 칼럼이 되고 책이 만들어진다
작가는 그렇게 탄생하는 것이다

무한한 공간은 대자연이기도 하지만
작가에게는 생각의 공간이 아닌가 싶다
작가는 누가 시키지 않아도
평생을 종이와 펜의 친구로 살아간다.

SNS 세상을 보며

넓고 푸른 태평양에
푸르름이 끝이 없는 대서양 여기저기에
새로운 섬이 생겨나고 있다
문명을 자랑하는 인간이 버린
쓰레기 섬이 생겨나고 있다

가상공간에도 쓰레기가 쌓여간다
음란과 저주의 오물들이 넘실거리며
범죄와 타락을 부채질한다
가면으로 얼굴을 가린 무리들이
타인을 짓이기며 여지없이 깔아뭉갠다

고상하고 품격 있는 인격을 생각하며
앞날을 멋지게 살아가야 할 인생들아
타인을 혐오하며 막살아야 되겠는가?
자기를 돌아보며 염치가 있어야 하리라
지금 이 순간에라도 깨달아야 하리라.

하늘을 바라보자

아침에 잠에서 깨어나거든
먼저 하늘을 바라보자

한순간도 멈추지 않고
바람 날개를 타고
드넓은 창공을 휘저으며
누가 저 크고 웅장한 그림을 그릴까?

지상의 것들에만 골몰하며
하늘을 잊고 사는 사람을
하늘은 바라볼 줄 모르는 사람을
어찌 행복하다 말할 수 있을까?

하루 일과를 마치고
지친 발걸음으로 집으로 가는 길에도
눈을 들어 하늘을 바라보자
누가 서쪽 하늘을 아름답게 수놓을까?

석양의 아름다움을 보며 소리내어 울어보자
돌아갈 본향이 어디인가를 생각해보자
따스한 햇살과 바람의 향기에 기뻐하며
오늘도 이렇게나마 살아 있음에 감사하자.

흔들리며 피는 꽃

거친 비바람에
상처를 입으며
살아온 청춘이여!

생각없이 살아가는
무심한 사람들에게 꺾일지언정
스스로 꺾이지는 않으리라

이러쿵저러쿵
말하는 이들도 있겠지만
온실 속에서 자라지 않았다면
상처없이 피어난 꽃이 어디 있으랴

인생은 흔들리며 피는 꽃
인생은 흔들리며 지는 꽃.

내 마음의 방에

내 마음에는
나만의 방이 있다
주님과 함께해야 할 은밀한 방이다
이 방을 비워두거나 내버려두면
어느새 먼지가 쌓이고 더러움이 찾아든다

내 마음에는
나 아닌 또 다른 나가 있어서
참 나를 찾아야 한다고 가르치는 종교도 있다
우리네 마음의 방은 이미 더럽혀져 있어서
매일 씻어내지 않으면 거미줄 친 빈집이 된다

내 마음의 방에 있는
온갖 잡동사니를 치우고
성령의 등불을 환히 밝혀보자
문밖에서 두드리시는 주님을 모시자
성령의 나드 향유로 가득한 방이 되리라.

삼복더위 살아내기

태양의 열기가 연일 신기록을 세우고 있다
무더위가 아니라 살을 태우는 뜨거움이다
한낮 40도를 넘나드는 뜨거운 열기는
미 서부대륙 데스밸리를 만들어간다

그 옛날 애굽을 떠나 광야를 지나야 했던
야훼의 백성 이스라엘을 떠올려본다
한 조각 믿음 갖고 약속의 땅을 바라보며
대지의 뜨거움을 마시며 걷고 걸었을 것이다

풀 한 포기 없는 광야를 지나는 모험을
그들은 어떻게 감당할 수 있었을까?
태양을 가려줄 구름 한 점이 아쉽고
스쳐 지나가는 바람 한 점이 아쉬웠을 텐데

구름기둥과 불기둥으로 인도하신 야훼
호흡이 끊어지는 어느 한순간까지도
그분의 은혜 아닌 게 없었을 것이다
그분의 은혜 아닌 게 없었을 것이다.

내가 살아야 하는 이유

가난도 슬픔도 견디고 버티며 살아온 것은
세상에서 좋은 꼴만 보려고 한 것은 아니었다
내가 이제껏 살아야 하는 이유는
나에게도 아직 할일이 남아 있기 때문이다

내가 살아야 하는 이유는 오직 한 가지
사명, 사명, 사명 때문인 거다
이 나이 되도록 사명을 깨닫지 못했다면
아직 영적 철부지일 것이다

슬픔아 가거라! 서러움도 떠나가거라!
난 소걸음으로 사명자의 길을 갈 뿐이란다
고통을 견디며 슬픔도 이길 힘을 주셨기에
오늘도 이 현실을 버티며 살아간다

세우고 쌓기를 반복하며 스스로를 높이며
화려하고 빛나는 것만이 성공은 아닐 것이다
촌스럽고 부족하고 모자랄지라도
날 부르신 이의 뜻 받들며 오늘을 살면 된다.

그대만 아픈 것 아니다

어찌하여 그토록 아까운 목숨들이
어찌하여 그토록 수많은 생명들이
희망을 잃고 낙엽처럼 떨구는가?
청춘들이 외침소리 한번 내지르지 못하고
메마른 꽃잎으로 떨어지는 것인가?

그대여, 희망이 없다고 느낄 때라도
당신을 괴롭히는 세력이 누구든지간에
하나뿐인 생명의 끈을 꼭 붙잡아다오
절망은 시련의 마지막 단계일 뿐
절망의 때가 시련의 끝일 수도 있다네
인생은 살아볼 가치가 있는 선물이라네

인내와 끈기로 절망의 강을 건너보세
당신을 불꽃같은 눈으로 바라보시며
고통을 이겨내고 승리하도록 응원하시는
널 위해 죽어 주신 이가 곁에 계시지 않은가?
그가 널 사랑하신다는 것을 기억하게나

그대여, 힘들어도 죽지는 말자
죽으려는 용기로 다시 일어서보자

인생은 장애물 경주라는 것을 생각하자
상처 하나 없이 어찌 수풀 속을 헤쳐 나갈까
포기하고 만다면 낙오자가 될 뿐이니
꼭 살아서 인생의 기쁨을 마음껏 노래부르자

절망은 그대에게만 찾아온 손님이 아니라네
주님께 도움을 구하며 손을 내밀어보시게나
절망의 심연을 건너 여기까지 왔다면
날 좀 도와달라고 소리치며 외쳐보시게나
반드시 도울 자 나타날 것이니…

건망증

우리는 잊어버리고 산다
잊어버린 것들을 찾느라고 고생이다
때로 자기 집도 못 찾아간다
잠시 잊어버릴지언정 잃어버리지는 말자

안경을 끼고도 안경을 찾는다
지갑을 들고도 지갑을 찾는다
휴대폰을 손에 들고 휴대폰을 찾는다
도어락 번호를 잊고 집에도 못 들어간다

머리는 세상 것으로 가득하고
생각은 부질없는 것으로 분주하여
먼저 할일이 무엇인지도 모르고
가장 중요한 일이 무엇인지도 알지 못한다

교회에 다니면서도 하나님을 잊고 산다
믿는다고 하면서도 불의와 쉽사리 타협한다
하나님을 찾으면서도 진리를 외면한다
하나님의 이름을 부르면서도 하나님을 모른다.

행복 찾기

행복은 멀리 있는 것이 아니라
가까이에 있다고들 하는데
과연 어디에서 찾아낼 수 있을까?

한 상에 둘러앉은 식구들
무더운 여름날의 냉수 한 그릇
추운 겨울날의 따뜻한 난로
찾고 찾던 것을 찾아내는 것

만나고 싶은 사람을 만나는 것
터놓고 말할 수 있는 벗
내 마음속에 담긴 평안함
인생의 의미와 가치의 발견이 아닐까?

그대는 행복한 사람이로다

지친 하루를 마치고 돌아갈 곳이 있다면
밝은 얼굴로 반갑게 맞아줄 사람이 있다면
저녁상을 차려놓고 기다려줄 가족이 있다면
그대는 행복한 사람이로다

슬픈 그대를 위해 울어줄 사람이 있다면
기쁠 때 곁에 있어줄 사람이 있다면
용기가 없어도 내 편이 있다면
그대는 행복한 사람이로다

휘영청 밝은 달을 함께 바라볼 수 있다면
그대를 위해 기도해주는 사람이 있다면
힘들고 고달파도 누군가와 함께할 수 있다면
그대는 행복한 사람이로다

홀로일지라도 뭉클함으로 떠오르는 사람이 있다면
마음속에 시 한 구절 노랫말 한 소절 담겨 있다면
언젠가 그리운 이들 찾아 돌아갈 본향이 있다면
그대는 행복한 사람이로다.

인생살이

우리네 인생은 이익과 손해만 따지며
아웅다웅 살 일이 아니다

거짓에 물들어가다 보면
자기를 속이는 자가 되고 만다
낯부끄러운 위선자가 되고 만다
버림당하는 인생이 되고 만다
결국 쓰레기 인생에 불과한 것이다

그대는 정녕 그렇게 살기를 바라는가?
여호와께서는 성별聖別을 요구하신다
한 손에 복과 저주를 쥐고 계시는 주님은
받으실 만한 깨끗한 제물이 되라 하신다
그것만이 헛되지 않은 삶이기에
생명과 평강의 언약을 기억하며 살라신다.

-구약성경 말라기를 읽고서

인생의 갈림길에서

시인 프로스트의 '가지 않은 길'처럼
순간순간 갈래길을 만나며 살아갑니다
우리는 길지 않은 인생을 살면서
시시각각 선택하며 살아야 하는 존재

때로는 불의인 줄 알면서도
자기를 속이며 어쩔 수 없이 따라갑니다
그러면 안 되는 줄 알면서도 적당히 타협하며
적당히 비겁하게 살아갑니다

가서는 안될 길을 무턱대고 가기보다
비난을 받고 욕먹는 한이 있어도
의의 길을 가는 사람도 있습니다
이런 사람들에게 박수를 보냅니다

불의를 구경만 하고 덮기보다
타인의 귀감이 되지는 못할망정
선악간에 심판하실 주님을 생각하며 삽시다
심판대 앞에 설 그날을 기억하며 삽시다.

-성경 마태복음을 읽고서

사람 사는 풍경

집과 일터만 오가며 사는 사람들은
지구마을 다른 풍경을 꿈도 못 꾸지만
돈 좀 있어 다른 세상 구경 좀 한 사람들은
자기를 문명인이요 교양인이라 생각한다

소박한 촌로村老들을 보면 미개하다 여기고
불야성 속 낭비족浪費族인 도시인 삶을 즐긴다
텃새와 차별로 자기존재를 과시하며 산다
타인을 깎아내리고 우습게 보고 깔보며 살아간다

대단한 명망가들을 읊어보라
바벨탑 같은 고층 탑을 쌓고 또 쌓으며
오만傲慢의 동상을 수없이 세워놓아도
인간은 여전히 속고 속이며 살아갈 뿐이다

아, 인간의 죄악이여!
그 착각과 어리석음이여!

소명과 결단

내 발로 걷는 내 인생이라지만
오늘도 내가 걸어가야만 할 길이 있다

모세야, 모세야!
모세를 부르신 이가 나를 부르셨으니
아브람아, 아브람아!
삶의 터전 정든 고향 땅 버리고
떠나라 하신 이가 나 또한 부르셨으니

아직 내 삶의 이정표를 다 모르고
아직 내 존재 이유를 다 모를지라도
부르심에 응답하며 사는 자가 되라 하시니
나, 오늘도 가야 할 길을 가리라
나, 오늘도 해야 할 일을 하리라

나를 위해 기꺼이 죽어주신 예수
벅찬 구속의 은혜 가슴에 품고서
꽃길인지 가시밭길인지 알 수는 없지만
성령 인도를 받으며 진리 따라 가리라
골고다 십자가 바라보며 순종하며 살리라.

닮아간다는 것

하늘과 바다는 닮았다
하늘은 바다가 거울이고
바다는 하늘이 거울이다

파아란 하늘을 닮아 바다도 파랗다
하늘에 하얀 조각구름 떠가니
바다에도 조각구름 떠간다

바다는 하늘을 닮아 늘 푸르고
하얀 구름까지 닮아가고 싶어
하얀 거품을 만들어낸다

한세월 살아온 우리 부부처럼
서로 마주보고 사노라니
서로 닮아가는가 보다.

나는 바보입니다

나는 바보입니다
보기는 보아도 알지 못합니다
듣기는 들어도 깨닫지 못합니다
마음은 완악하고
귀는 듣기에 둔하여
여전히 돌이킬 줄 모르기 때문입니다

나는 바보가 아닙니다
입이 없어서 말 못하는 것 아닙니다
눈이 없어서 보지 못하는 것 아닙니다
생각이 없어서 입을 다물고 있는 것 아닙니다
좌우를 분별할 줄 알고 옳고 그름을 압니다
희로애락을 알고 선악을 압니다

들을 귀 있는 자는 들으라!
들을 귀 있는 자는 들으라!
귀 있는 자는 들으라고 말씀하시지만
듣기는 들으나 행할 능력이 부족하니
솟구쳐 오르는 열정도 있습니다만
나는 여전히 바보입니다.

오늘의 기도

우리를 도우시는 하나님!
주께서는 우리 기도에 응답하시지만
모든 기도에 응답을 강요하지는 않겠습니다
때로는 응답 없음도 감사한 일이니까요

우리를 용서하시는 하나님!
주께서는 용서하시는 하나님이시지만
모든 죄 용서를 강요하지 않겠습니다
진심 어린 회개가 먼저일 테니까요

우리의 중심을 보시는 하나님!
주님의 마음을 더 알기 원합니다
공존공생의 아름다움을 알고는 있지만
여전히 자기 우월감과 승자독식에 빠져 있으니까요

위에 계시는 하나님!
서기관과 바리새인들처럼
사람의 전통을 계명으로 삼기보다
진실한 당신의 모습 닮기를 소원합니다.

-마태복음 23장과 마가복음 7장을 읽고서

멀리 계시는 하나님

가을에 물든 아차산 너럭바위에 누워
밤하늘에 흘러가는 구름을 바라봅니다
기쁨의 날들보다 시련의 날들이 많아
상하고 지친 몸과 마음을 가눌 길 없어
멍하니 구름 속으로 흘러가는 달을 봅니다
기도 응답이 없는 삶에 지치고 고달파
겟세마네에 엎드린 주님의 눈물을 생각합니다
저 흘러가는 구름처럼 달처럼 사노라면
갈급한 나의 기도 하늘보좌에 상달되어
응답에 목마른 종의 신음을 들으시리라

주님이여, 나의 주님이시여!
주님 앞에 내놓을 것은 상하고 찢긴 심령뿐입니다
죄와 실패로 얼룩진 인생이옵니다
오, 주님 제가 어찌하면 좋겠습니까?
이 벼랑 끝에서 주님의 긍휼만을 기다리나이다
그저, 하늘 보며 당신의 긍휼을 기다립니다
할말을 잃어버리고 한숨지으며 누워 있는
초라한 내 모습을 보고 계실 테니까요
꿈속에라도 나타나 말씀해 주십시오
내가 너의 신음소리를 다 듣고 있노라고.

일용할 양식

목구멍이 포도청이라서
먹고살기 위해 일한다고들 한다
이 세상에 먹는 즐거움보다 더한 게 있으랴
먹고 마시는 것이 행복 아니랴

가나의 혼인잔치 집에도
배부름이 있기에 웃음도 있었으리라
먹기를 탐하는 자라는 독설毒舌을 들어도
잔치는 먹는 즐거움으로 가득했으리라
먹고 마시는 것은 주님의 선물이다
하늘의 만나와 반석에서 솟아나는 샘물
벳세다 광야에 내린 오병이어도
기쁨을 주고 만족을 주었으리라

일용할 양식을 사모하는 자들에게
주님은 너희가 먹을 것을 주라고 하신다
주여, 먹을 것을 갈망하는 자들에게
오늘도 일용할 양식을 내려주소서
주리고 목마른 지구촌 사람들에게
먹을 것이 없어 허덕이는 인류에게
메추라기와 만나를 내려주소서
오늘도 하늘 양식을 내려주소서.

태초에 계신 말씀

태초에 소리가 있었다
소리는 음성이 되고
음성은 말씀이 되고 시가 되었다
소리는 창조의 아름다움으로 나타나고
권세 있는 말씀이 되고 복음이 되고
순종하는 사람들에게 복이 되었다

태초에 소리가 들려왔다
"아담아, 네가 어디 있느냐?"
신이 되고자 했던 사람에게
동산을 거니는 발자국소리가 들려왔다
"네 아우 아벨이 어디 있느냐?"
"네 아우 핏소리가 호소하느니라"

때가 차매
말씀이 육신이 되어 이 땅에 오시고
침묵으로 말씀하시던 볼 수 없었던 하나님은
볼 수 있는 사람의 형상으로 오셨도다
죄의 어둠으로 가득한 세상에 참 빛으로
영원한 생명을 주시기 위해 오셨도다

참과 거짓은 끝없이 충돌하고
말씀 아닌 말들만이 무성한 이 땅에
소리는 이 땅에 한 줄 글을 남기셨다
"죄 없는 자가 돌로 치라!"
소리는 외마디를 남기고 가셨도다
"내가 널 위해 죽노라"

오늘 내 마음에 말씀하신다
"내가 널 위해 죽었노라"

바디메오의 결심

눈으로 볼 수 없어도
귀에 들리는 부드러운 소리
예수다, 예수가 맞다
다윗의 자손 예수여 나를 불쌍히 여기소서!

소경에다 거지
거지에다 소경
길가에 앉아 구걸하는 주제에 잠잠할 것이지
왜 가만히 있지 못하고 시끄럽게 떠들고 있는가?

빈정거리며 무시하는 소리 가득해도
나에게, 이런 기회가 또 올 수 있으랴
이번이 처음이자 마지막일 수 있으리라
예수여, 나를 불쌍히 여겨주소서, 제발…

네가 원하는 게 무엇이더냐?
(뛰어나와 헐떡이며)
"보기를 원합니다"
"네 믿음이 너를 구원했느니라"
주님, 내가 이제 볼 수 있게 되었나이다.

베드로의 길

나더러 원치 않는 곳으로 가라 하시니
주여, 원치 않는 길
가고픈 사람이 어디 있을까요?

디베랴 바닷가에서 당신을 만나고 나서
깊은 데로 가서 그물을 던져보라는 말씀에
만선滿船의 기쁨도 누려보았지만 주여

사람 낚는 어부가 되어보라는 말씀에
배와 그물조차 버리고 부모 곁을 떠나
당신을 따르는 제자의 길을 택했습니다

이후의 삶도 거칠고 힘든 여정이었는데
나더러 십자가를 지라고 하시다니요
타오르는 불길 속에 몸을 맡기라니요

그렇지만 원망하지는 않겠습니다
다만, 오 내 주여
내 영혼을 주님의 손에 부탁하나이다.

사마리아 여인 이야기

한낮의 태양이 중천에 떠 있을 무렵
사마리아 수가 성城 야곱의 우물가
목마르고 피곤한 나그네들이 쉬어가는 길목에
예수님은 제자들과 함께 그곳에 이르러
물 길러 온 여인에게 마실 물을 좀 달라 하셨답니다

나그네에게 물 한 모금 건네주면 그만인 것을
케케묵은 동족갈등 문제를 물었답니다.
먼 옛날 남북이 갈라서고 앗수르에 점령당해
민족의 정체성과 신앙의 정체성까지도 잃어버린 땅
왜 사마리아에 와서 나에게 물 달라 하느냐고…

주님은 우물물을 준다면 생수를 주겠다고 하셨답니다
눈이 번쩍 뜨이고 귀가 열린 그 여인은
야곱보다 크다고 하신 분에게 복음을 들었고
야곱의 우물가에서 만난 유대 청년 예수로부터
목마르지 않는 신기한 샘물 이야기를 들었답니다

유대인들에게 주눅들어 살던 사마리아 사람들
남자를 목숨처럼 의지하며 살았던 사마리아 여인은
이 땅에 오실 것이라 고대하던 메시야를 만나고서

물동이를 버려두고 온 동네를 휘젓고 다녔답니다
내가 만난 이 사람이 그리스도가 아닌지 와 보라고

하나님은 이런 사람도 쓰신답니다
나 같은 사람도 쓰신답니다.

디모데의 간증

모든 것이 하나님의 섭리인 것이 분명하겠지만
나의 스승 바울 선생님의 열정에 이끌려
세상부귀보다 복음을 위해 살기로 결심했지요

복음이 주는 감동과 성령의 역사를 경험하고
어디를 가든지 방해하는 유대인들이 있었고
이방문화에 젖어 있는 곳에 복음 전하기 어려웠지만
대사도에게 조금이라도 도움이 되기를 바라면서
고난을 각오하고 사역자의 길을 가게 되었답니다

나는 할머니와 어머니의 고결한 신앙을 보면서
믿음으로 산다는 것이 고상하다는 걸 알았습니다
때론 그리스도인으로 사는 것만으로도 벅찬데
복음을 위한 수고는 아무나 할 수 없는 일이어서
고된 일 마다 않고 선한 싸움을 해야 했답니다

사역자 여러분, 예수의 좋은 병사로 인정받으세요
복음을 위한 수고가 결코 헛되지 않을 것임을 믿고
거짓 없는 믿음과 착한 양심을 잃어버리지 마십시오
면류관 바라보며 믿음으로 끝까지 전진하십시오
여러분을 위해서 의의 면류관이 준비되어 있답니다.

요담의 메시지

그대가 나의 왕이 되어주세요
사사들이 다스리던 왕이 없던 시대에
아니, 하나님이 왕이시기에
왕 세우기를 원치 않았던 시대에
사람들은 그렇게 요청했답니다

그대가 나의 왕이 되어주세요
완곡한 요청에도 불구하고
감람나무, 무화과나무, 포도나무는
하나님과 사람을 영화롭게 하는 것 말고
본분을 망각할 수 없다며 거절했답니다

그대가 나의 왕이 되어주세요
사람들은 왕을 원했고 왕으로 세워지자
왕은 하나님의 통치를 망각하고서
아무 쓸데 없는 가시나무임에도
군림하며 협박하고 억압하며
힘을 과시해 보고자 했답니다.

－구약성경 사사기를 읽고서

솔로몬의 고백

헛되고 헛되고 헛된 꿈이어라
세상만사가 바람을 잡으려는 수고로다
왕국을 맡겨주셨으나 책임을 잊고서
하고 싶은 대로 하면 되는 줄 알았도다

욕망을 채우기 위해 소떼와 양떼를 늘리고
금은보석으로 치장하고 화려하게 꾸며도 보고
쾌락을 위해 독주를 찾고 여색에 심취해보고
백성을 생각하기보다 나를 위해 살았도다

여디디야로 어린 시절을 호강하며 살았고
르무엘의 이름으로 모친의 믿음을 따라야 했으나
솔로몬의 이름으로 육신의 영광을 구했도다
말씀을 귓등으로 듣고 멀리했도다
눈에 보이는 것으로 만족을 찾고자 했도다

그렇게 살지 말아야 했는데
영혼보다 육신을 위해 살았도다
하나님 떠난 인생이 수고와 슬픔뿐인 것을
인생 실패를 통해 너무 늦게 깨닫게 되었도다

젊은이여, 그대들은 젊었을 때부터
만유를 지으신 창조주를 기억하거라
말씀에 순종하는 법을 배우거라
그것이 인생의 성공법칙임을 명심하거라.

-구약성경 전도서를 읽고서

예레미야의 고백

우리 아버지는 베냐민지파 제사장 힐기야입니다
어릴 때부터 여호와 하나님을 섬기는 가정에서 태어났지요
그렇지만 나라가 힘을 잃으니 풍전등화는 지속되고
선지자로 부름받은 나 예레미야도
기울어져 가는 나라를 어찌해볼 도리가 없었다오
나는 울고 또 울며 하나님의 도우심을 기도했습니다만
공의의 심판을 거두시기에는 이미 때가 늦었지요

누구에게 보내든지
무엇을 명령하든지 전하라 하셨기에
나는 이 나라가 곧 망할 것이라고 외치고 다녔습니다
조상들이 여호와 경외함을 버리고 멀리하였기에
백성들이 이방신을 따라가며 우상숭배에 빠졌기에
돌이킬 기회를 주셨으나 거절하였기에
사랑하지만 어쩔 수 없이 버림받은 나라가 되었으니

생수의 근원이신 전능자 여호와를 멀리하고
생명의 길과 사망의 길 중에서 사망의 길을 택했으니
죄가 죄인 줄 모르는 백성들이 되고 말았으니
허망하고 거짓되고 무익한 백성을 깨닫게 하시려고
칼과 기근으로 벌하시는 하나님을 그 누가 원망하리요

옹기장이가 깨진 옹기를 어찌할 수 있으리요

거대한 제국 바벨론은 호시탐탐 기회를 엿보는데
거짓 선지자들은 평안하다고 안전하다고 선포하니
아, 외롭고 괴로운 선지자의 사명이여!
그럼에도 소망을 가져보지만 공격하는 자가 많고
애국의 마음으로 외치나 권력은 가두고 죽이려 하니
모두가 바벨론으로 끌려갈 것이 눈앞에 선한데

갈 곳도 없고 설 곳도 없이 애굽으로 끌려갔지요
돌아올 기약은 없었지만 그래도 소망을 가져봅니다.

-구약성경 예레미야를 읽고서

욥의 고백

믿음의 조상으로 불리는 아브라함이 살던 시대에
유브라데강과 티그리스강변에는 커다란 도시가 있었지요
나는 우스 땅에 살면서 세상의 이치를 알았고
늘 창조자 하나님을 기억하며 성별된 삶을 추구했지요

사람들은 물불 가리지 않는 수전노라서 부자가 되었거나
부모로부터 거대한 유산을 물려받았을 거라고 하지만
난, 내 나름대로 최선을 다했고 물질의 복을 받았답니다

하지만, 사람 일은 한 치 앞을 내다볼 수 없어
한꺼번에 재산을 잃고 자녀를 잃고 건강까지 잃었답니다
원근 각처 지인들이 찾아와 위로해준다고 했지만
누구 한 사람인들 내게 위로가 되지 못했습니다

아내조차 곁을 떠난 후 할 수 있는 것이라곤 없었습니다
천지를 지으신 하나님께 도움을 요청하는 것 외에는…
온몸을 기왓장으로 긁어가며 기도하고 기도했지요
내가 뭘 그리 잘못한 게 많아 이러시냐고 항의도 하고
그래도 남을 도우며 성결하게 살지 않았느냐고
의를 드러내보이며 자랑도 해보았지요

내 기도는 하나님을 향하다가 내 마음으로 향했지요
그 순간 나는 깨닫게 되었답니다
전능자의 하시는 일들을 어찌 사람이 다 헤아릴 수 있으며
주 앞에 자기 의를 나타낼 자 아무도 없다는 것을
"내가 티끌과 재 가운데서 회개하나이다"
"주여, 유구무언이로소이다"

지금, 하나님 앞에 겸손히 엎드려 보십시오
인생의 엉킨 실타래는 그 순간부터 풀릴 것입니다.

요셉의 고백

나는 야곱의 아들 꿈쟁이였습니다
아버지의 특별한 사랑도 받았지만
형들의 미움과 따돌림도 받으며 자랐지요

형들의 안부를 알기 위해 집을 나서던 날
내게 그날은 부모님과 생이별하는 날이었습니다
먼길을 마다 않고 순종하는 맘으로 길 떠나며
형들과 양떼들을 만날 그 순간을 기대했는데
구덩이에 빠져 죽을 고비를 넘어야 했답니다

형들은 나를 이스마엘 상인들에게 팔아 넘겼고
결국 인신매매로 끌려가야 했습니다
내 인생의 미래를 알 수 없는 낯선 애굽 땅으로
저항해볼 엄두도 내지 못하고 끌려갔습니다

바로의 친위대장 보디발의 집에 노예로 팔렸습니다
하지만, 나는 굳게 결심했습니다
어떤 어려움이 있어도 견디며 기다려보자고
살아계신 여호와 하나님을 의지하며 살자고
어느 곳에 있든지 소망을 갖고 살고자 했지만
보디발의 처를 겁탈한 자라는 누명을 썼습니다

기약 없이 어두운 감옥에 갇혀야 했습니다

하지만, 하나님은 나를 버리지 않으셨습니다
하나님께서 주신 남다른 지혜와 능력으로
애굽의 총리대신이 되는 영광을 얻었습니다
기근 속에서 가족들을 구원할 기회를 얻었답니다
형들과 그 가족들을 기꺼이 용서하고
애굽 근방의 나라와 백성들을 살릴 수 있었답니다

총리가 되어서도 늘 하나님의 말씀을 기억하며
언약의 말씀 따라 순종하며 살고자 했습니다
조부 아브라함에게 주신 하나님의 언약을 기억하고
죽어서라도 가나안으로 가야 한다는 것을 알았습니다
그리하여 아버지 야곱을 헤브론에 장사하였고
내 해골도 가나안으로 옮겨가도록 유언을 남겼답니다

하나님은 나 같은 사람도 귀히 여겨주시고
그의 능력의 손으로 붙잡아주셔서
불가능을 가능으로 바꾸어주셨답니다
여러분에게도 나와 같은 큰 은혜가 있기를 바랍니다.

토마스 아 켐피스에게

나 오늘 그대를 꼭 좀 만나고 싶네요

자기부정과 겸손까지도 변질된 시대에
세속의 종교인이나 세상과 거리두기를 하면서
하나님께 집중하며 친밀하기를 갈망하며
진정 예수 그리스도를 본받기를 원했던 그대
켐피스여, 꼭 좀 만나고 싶소이다

나 오늘 그대를 꼭 좀 만나고 싶네요
예수 없는 신앙으로 권력의 꼬리라도 탐내며
세상을 섬기러 오신 예수를 잃어버린 세대에
순종과 인내와 이웃사랑의 본을 보이며 살았던
켐피스여, 꼭 좀 만나고 싶소이다

흑사병이란 괴질이 언제 수그러들지 모르고
교회가 계급으로 나뉘고 분열과 갈등을 지속하며
서로에게 미움의 화살을 겨누던 시대에
그리스도를 믿는다는 것이 무엇인지를 몸소 보여준
켐피스여, 꼭 좀 만나고 싶소이다

어느 시대인들 이 땅에 평화가 있었나요?

평화는 주님 모신 마음에 피어나는 꽃
마음의 방을 정결하게 하고 등불을 밝힌 후
스스로 낮아지신 주님과 가장 가깝기를 원했던
켐피스여, 꼭 좀 만나고 싶소이다

예수정신 잊고 사는 이 세대에도 좀 들려주세요
은둔자가 되어서라도 앎보다 삶으로 말하고
온몸과 마음을 다 쏟아부어서라도
말씀을 유언처럼 새기며 살고자 했던 그대
켐피스여, 꼭 좀 만나고 싶소이다

나 오늘 그대를 꼭 좀 만나고 싶네요.

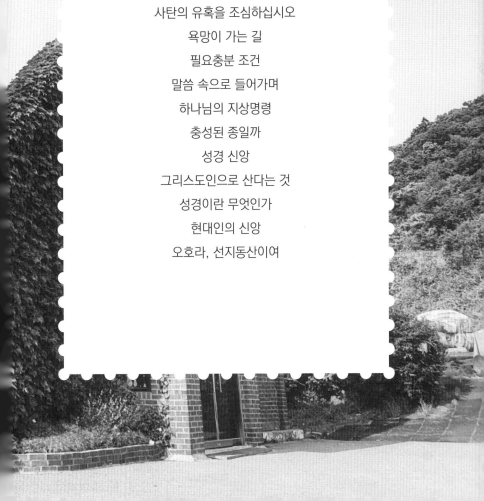

너와 나의 믿음

오직 성경만이 진리다
오직 그리스도만이 구원자이다
오직 은혜로 구원받는 것이다
오직 믿음으로 구원받는 것이다
너와 내가 가진 믿음은
아주 소중한 유산이란다

기독교 개혁의 기치를 들자
교황 세력은 바티칸 권력을 지키려고
무지막지한 마녀사냥을 시작했다
반역자 프로테스탄트를 더러운 세균으로 여기며
박해하는 권력에 맞서며 150년을 시달려야 했단다

어떤 그리스도를 믿느냐?
어떤 믿음을 갖고 살아가느냐?
아무거나 믿는 것은 참 신앙이 아니다
이념과 정치 따지지 말고 처음으로 돌아가자
불순종과 우상숭배를 버리고 주 앞에 나아가자

세상은 점점 어두워가는 소돔성일 뿐이다
온갖 것들이 뒤섞인 혼합주의 가득하고

죄의 종노릇하는 자들이 활개 치는 세상이다
죄와 악이 관영했던 노아 때와 무엇이 다르랴
더 이상 세상에 한눈팔지 말고 가야 하리라

진실로 순수한 믿음의 사람을 찾으시는 주님이시다
"인자가 올 때에 세상에서 믿음을 보겠느냐"
예루살렘성을 보시며 눈물짓던 주님이 그립다
다시 오실 주님 생각하며 하늘을 바라본다
마라나타! 오, 주여 언제 오시렵니까?

믿음은 포기하는 것

믿음은
값진 진주 하나를 위해
자기 소유를 다 팔아버린 것처럼
배와 그물을 버리고
예수의 길을 함께 갔던 베드로처럼
붙들고 있는 것들을 포기하는 것이랍니다

믿음은
하늘영광 버리고 이 땅에 오신 예수님처럼
하늘의 영원한 것을 위해
기꺼이 땅의 것을 버리는 것이랍니다
구하고 구해서 더 많이 가지는 것이 아니라
비우고 내려놓고 포기하는 것이랍니다

믿음은
내가 가진 것보다 더 가지려는 것이 아니라
이미 채운 것보다 더 채우는 것이 아니라
내가 가진 것을 즐겁게 나누는 것이랍니다
그것들은 내 것이 아니기 때문입니다
그것들은 잠시 맡겨진 것이기 때문입니다.

구원으로의 초대

태초부터 계신 이는 스스로 있는 자이시다
말씀으로 천지만물을 지으신 이는
당신의 형상을 닮은 자를 만드시고
그로 만물의 관리자를 삼으셨다
그가 바로 만물의 영장인 인간이다

자유의지를 선물로 받은 걸작품
인간은 창조자의 실패작이런가?
자기를 지으신 이에게 등돌리고
궤도이탈을 서슴지 않은 인생들이 만든 문명은
짐승들의 약육강식과 다르지 않다
전쟁과 차별, 박해와 착취는 지금도 진행 중이다

그럼에도 불구하고 마침내 구원자를 보내시고
사랑과 소통과 교제의 대상이었던 첫 사랑
행복하도록 지음 받은 아담과 후손들에게
예수 십자가로 구원의 길을 열어놓으시고
오늘도 구원의 손을 내밀며 초대하신다
"수고하고 무거운 짐진 자들아 다 내게로 오라"

여호와는 내 편이시라

아주 어릴 적
내 편이 되어줄 사람이 없어서
하염없이 울었던 나는 시편을 읽다가
"여호와는 내 편이시라"
이 말씀을 대하고 얼마나 좋았는지 모릅니다

진퇴양난 출애굽 현장에 말씀이 들려왔습니다
"여호와께서 너희를 위해 싸우시리니
너희는 가만히 있을지어다"
그리하여 오늘도 나는 기도할 뿐
침묵으로 버티며 기다립니다

분명하고 확실한 사실 한 가지는
하나님은 우리의 편이라는 것입니다
예수를 영접한 그 순간 이후로
나는 하나님의 편이고
하나님이 내 편이라는 것입니다
내 인생 끝 날까지 내 편이시라는 것입니다.

복음 아닌 것들

운명은 정해진 것일 뿐이니
그냥 그럭저럭 살면 된다고 한다
춘하추동 변화하듯 살고 지는 것이니
자연에 순응하며 살면 그만이라고 한다

약육강식 세계에서 인간이 으뜸이니
불굴의 의지로 밀어붙이라고 한다
종교는 속박이니 벗어버리라고 한다
과연 인생이 의지대로 살아지던가?

인생은 한낱 자연의 일부일 뿐이고
일월성신 자연만상이 모두 신이니
자연의 법칙에 따라 무위자연하며
온갖 신들을 다 섬기며 살라고 한다

무덤이 인생의 종착역일 뿐이고
죽음 이후는 아무것도 신경쓸 게 없으니
하루하루 즐기면서 살라고 한다
그게 가장 잘 사는 법이라고 가르친다

과연 인생을 그렇게 살아도 될까?

안식일 유감

태초에 아무 일도 없었다
일을 시작하신 이가 있었으니
그분이 창조주 하나님이시다

우주와 만물을 만드시고
이레 되는 날 쉬셨으니
이것이 안식일의 시작이리라
하나님이신 그가 안식일에 쉬신 것은
자신의 고단함 때문이 아니라
인생에게 쉼을 주시기 위함이었으리라

에덴을 떠난 이후
인생들은 수고의 땀을 흘려야만 했다
먹고사는 것도 중요하지만
창조주를 기억하며 살아야 했기에
자유인의 몫이었던 꿀맛 같은 안식의 날을
선물로 주신 또 하나의 이유이리라

안식일을 주신 이유도 모르는 종교인들은
그것을 신앙의 기준으로 삼은 바리새인들처럼
스스로 의롭게 여기거나 타인을 정죄했다

그때, 안식일의 주인이 나타나 말씀하셨다
사람이 안식일을 위해 존재하는 게 아니라
안식일이 사람을 위해 있는 것이라고

사도는 교리와 율법으로 믿는 이들에게
어리석은 신앙을 깨닫게 한다
날과 달과 해를 지키는 부질없음이여…
그리스도를 만나 그를 영접하는 자에게
안식일의 주인이 참 안식을 주신다.

사탄의 유혹을 조심하십시오

선악과로 아담을 넘어뜨렸던 사탄은
바벨탑 위용으로 인간의 위상을 뽐내며
하나님을 떠나도록 만들었습니다
언약의 여호와 하나님을 섬기면서도
가나안 땅 바알과 아세라를 숭배하게 했습니다

복음을 가로막는 사탄의 세력들은
오늘도 방해공작을 멈추지 않습니다
하나님 없이도 얼마든지 행복할 수 있다고
기만전술로 선동하고 선전합니다
인간의 지혜만으로 가능하다고 떠들어댑니다

사탄은 다가와 이렇게 속삭입니다
하나, 하나님의 존재와 그의 말씀을 의심해보라
둘, 자기의 욕망을 따라 살면 그만이다
셋, 가장 중요한 것은 이익을 얻는 것이다
넷, 미워하고 편 가르고 싸워서 이기라
다섯, 버틸 수 없으면 삶을 포기해버려라

사탄의 유혹을 조심하십시오.

욕망이 가는 길

예수님을 나의 주님이라고 고백하며
기꺼이 주님을 따른다고 하면서도
여전히 죄의 쓴 뿌리가 남아 있어
육체의 더러움을 탐하는 이방인과 다름없으면서도
욕망은 그저 살아 있음의 증거라고 변명합니다

마음의 방은 비우고 치워도 더럽혀지고
버리고 버려도 어느새 흐트러지고
어지럽게 널브러진 아이의 방이 됩니다
어린아이마냥 자기 자신이 먼저입니다
욕망은 움켜쥔 손을 절대 펴지 말라고 합니다

사람들은 오지랖이 넓은 것이 문제라고 합니다
자기만족과 기쁨을 추구하는 게 당연하다고 합니다
선한 사마리아인을 쓸데없는 짓을 한 거라고 합니다
너라도 잘 먹고 잘 살 궁리나 하라고 쏘아댑니다
죄의식은 사치품에 불과할 뿐이라고 합니다

욕망의 하수인으로 길들어져 살아가는
오, 어리석은 사람이여!
화로다, 나여 망하게 되었도다. (사 6:5)

필요충분 조건

모든 것의 모든 것 되시는 주님
내 삶에 부족함이 없나이다
난, 하나님 한 분이면 충분합니다

인생이 불행해지는 이유는
하나님만으로는 충분하지 않다는
불안한 생각 때문이 아닐까요?

하나님을 떠나 다른 것을 찾으려고
오늘도 세상을 기웃거리고 계시나요?
하나님은 필요충분 조건입니다.

말씀 속으로 들어가며

종교마다 자신들의 경전을 내세우고
철학자마다 제각기 인생을 논하지만
알지 못하고 깨닫지 못하고 횡설수설이다

자기가 말한 것도 제대로 모른다
조금은 이치에 맞고 일부는 공통점이 있지만
진품 아닌 유사품 진리일 뿐이다

아담의 후예들이 욕망의 주머니를 차고
나 혼자 살기에 바쁜 차가운 세상에서
주님은 "내가 너를 사랑하노라" 하신다

차가운 맘을 녹여주는 말씀이 들리는가?
말씀 속에서 주님의 마음을 느껴본다
말씀 속에서 주님의 숨결을 느껴본다.

하나님의 지상명령

하나님의 지상명령
그 시작은 오래전 일
지상명령 따르는 일은
너에게만 주어진 게 아니라
나에게도 주어진 것이란다

하나님의 지상명령
그 전진기지는 교회
교회는 모이는 곳만이 아니라
모든 사람들 주님을 따르도록
열방으로 흩어지는 곳이란다

하나님의 지상명령
그 명령 따르는 사람
저 멀리에 있는 게 아니라
먼저 복음을 들은 나에게 있단다
지금 곧 세상 향해 가보자
출발!

-찬양을 위해 지은 시

충성된 종일까

주님 위해 충성한다 말하지만
나는 과연 충성된 종인가요
주님의 소명 받은 청지기로서
충성된 종이라야 마땅하지만
오늘도 충성된 자로 살고 있나요
아, 나는 과연 충성된 종인가요
아, 나는 과연 주 위해 살고 있나요
주님, 나 이제라도 충성된 종 되렵니다

부름 받아 직분 감당하고 있다지만
나는 과연 충성된 종인가요
세상쾌락 부귀영화 멀리한대도
섬김의 도리 다하며 살고 있나요
나 이제라도 충성된 종 되렵니다
아, 나는 과연 충성된 종인가요
아, 나는 과연 주 위해 살고 있나요
주님, 나 이제라도 충성된 종 되렵니다.

-찬양을 위해 지은 시

성경 신앙

성경은 나에게 보내신 사랑의 편지
그리스도 예수 골고다 십자가로
죄와 저주 눈물 슬픔은 사라지고
밝고 빛난 하나님나라 자녀 되지요

성경은 나에게 보내신 구원의 메시지
확실하고 분명한 하나님의 방법으로
구원과 영생길 보여주신 생명 말씀
복음 진리 영광나라 안내자래요

성경은 너와 나 신앙과 행복의 안내자
영생구원 재림 새 하늘과 새 땅에서
누릴 영광 보여주는 사람사용설명서
소망 중에 사랑하며 생명길 갑니다.

-찬양을 위해 지은 시

그리스도인으로 산다는 것

그리스도인의 삶은 하나님과의 관계에서만
그 의미를 발견할 수 있습니다

그리스도인으로 산다는 것은
자기의 정체성을 깨닫고
하나님의 백성으로서 그의 나라와 의를 구하며
위임받은 사명에 책임을 다하는 것입니다

그리스도인으로 산다는 것은
죄를 멀리하며 경건을 실천하는 것입니다
교회와 사회에서 은사와 재능으로
봉사하는 삶을 살아가는 것입니다

그리스도인으로 산다는 것은
마지막 날 심판대 앞에 서게 될 그날
그날을 생각하면서
그의 나라와 영광을 위해 살아가는 것입니다

그리스도인으로 산다는 것은
하나님을 경외하며 이웃들에게 사랑을 전하며
성령을 힘입어 성화를 이루어 나가는 것입니다
최선을 다하여 주의 명령을 따르는 것입니다.

성경이란 무엇인가

성경은 살아 있는 하나님의 말씀입니다
성경을 모르는 것은 하나님을 모르는 것입니다
하나님이 인간에게 주신 최고의 선물입니다
세상의 그 무엇보다도 소중한 보물입니다
그러므로 성경을 만난 사람은 인생에 큰 유익을 얻습니다

성경은 사랑 가득한 하나님의 메시지입니다
하나님의 마음과 생각을 비춰주는 거울입니다
마음 열고 다가서면 그 마음을 보게 됩니다
삶에 지친 우리들에게 삶의 의미와 안식을 줍니다
이불처럼 우리의 삶을 포근하게 감싸줍니다

성경은 권세 있는 하나님의 능력입니다
우리를 변화시키는 강력한 에너지입니다
은혜로 충만한 삶은 성경말씀 안에서 가능합니다
우리의 지혜보다 말씀에 의지하며 살아갈 때
항구로 가는 배처럼 목적지에 이르게 합니다

성경은 현재 진행 중인 하나님의 계획입니다
우리의 계획들이 산산조각으로 깨지고 부서져도
하나님은 우리들을 새롭게 하시고

그의 인도하심 따라 행하게 하시고
만유의 주재자와 함께하도록 인도합니다

그리스도인의 믿음은 성경에 근거해야 합니다
성경에 있는 사실을 믿는 것도 중요하지만
성경말씀을 따라 살아가는 것이 더 중요합니다
그러므로 이성의 자로 재고 비판할 것이 아니라
믿고 순종하면서 그 효능을 경험할 수 있어야 합니다.

현대인의 신앙

교회 밖에 있는 이들은 여전히
중풍병이 떠나가면 믿겠노라고
돌로 떡덩이가 되게 하면 믿겠노라고
부자가 되면 생각해 보겠노라고
시간 여유가 생기면 고려해 보겠노라고 한다
교회 안에 있다 하는 이들은
예배 한 시간 투자하고서
크고 놀라운 은혜를 기대한다
지폐 한 장으로 만 배의 축복을 기대한다
손발은 움직이지 않고 머리로만 믿는다

여전히 기다리시는 하나님이신데
중세 대성당 교회 분위기에 젖어 있다
겟세마네 베드로처럼 졸고 있다
바리새인들처럼 관념적 신앙에 젖어 있다
인간의 전통으로 계명을 몰아내고 있다
누가 바리새인과 서기관을 탓하랴
중세 교회를 닮아가는 교회가 한스럽다
저 네온 십자가는 누굴 위해 비출까?
첫사랑을 잃어버린 너 에베소교회여!
세상과 혼합된 외식하는 현대교회여!

오호라, 선지동산이여

위기로다, 위기로다
나라가 예산으로 돈줄을 죄니 어이할꼬?

학교를 돈벌이로 창업주 행세하며
교직 매매로 호의호식을 누리며 살더라

학위 장사로 수입이 쏠쏠하다 자랑하며
비행기 특석 자랑하며 세계여행하더라

이가봇이로다
아간이여, 발람이여, 하나냐여!

가룟 유다는 후회할 줄도 알았는데
이제는 부끄러워 참회할 만도 한데

아직도 뻔뻔한 얼굴을 내밀고 다니니
이 시대에 나단 선지자는 모두 죽었는가?

제6부

후회 없는 인생이 어디 있으랴

후회 없는 인생이 어디 있으랴

황혼의 들녘에 서서
흐르는 강물을 바라보며
살아온 인생을 되돌아보노라면
아! 후회 없는 인생이 어디 있으랴!

젊은 날에도 나이가 들어서도
실수는 늘 그림자처럼 따라다녔다
애써 이루어놓은 것이 있어도
떳떳하지 못한 허물은 남고
꿈꾸고 도전하며 여기까지 왔지만
아물지 않은 상처는 여전히 남아 있다

허겁지겁 앞만 보고 살아온 인생도
뒤뚱뒤뚱 중심 못 잡고 살아온 인생도
가을이 가기 전에 꽃을 피워야 하리라
겨울이 오기 전에 열매를 맺어야 하리라
저 고운 단풍잎들이 다 떨어지기 전에
떫은맛을 고운 햇살로 녹여내야 하리라

달콤한 홍시처럼 익어가야 하리라
달콤한 홍시처럼 익어가야 하리라.

60대가 60대에게

친구여, 이제 우리는
지나온 날보다 남은 날들이 짧구나
우리에겐 짧은 시간만이 남아 있을 뿐이다
이제라도 끝없는 욕망을 벗어버리고
허영과 자만심을 저 멀리 던져버리고
남은 날들을 생각하며 침묵해야 하리라

친구여, 이제 이 나이에
손에 조금 움켜쥐었다고 기뻐하지 말자
너나 나나 잘났으나 못났으나
소떼의 풀 찾으며 살아온 유목민일 뿐이다
어디로 가는지도 가야 할 곳도 모르는
한 조각 나뭇잎일 뿐이다

친구여, 인생 살아보니
그야말로 잠깐 지나가는 한순간 아니던가?
아무것도 아닌 것이란 걸 알지 않았던가?
이제라도 하루하루를 기쁨으로 맞이하며
작은 것에도 감사하며 살아보면 어떨까?
우리가 사람이란 걸 잊어버리지 말고.

65세가 66세에게

나에게 남기고 싶은 말이 있었다
그동안 여러 가지로 참 수고가 많았다고
어깨라도 토닥이며 위로해주고 싶었다

한 해 한 해 쉼없이 달려온 길
별로 손에 쥔 게 없는 날들이었어도
잘 버티고 견디며 살아온 나날들이었다

호의호식하며 꾸미고 살 겨를조차 없었어도
큰소리치며 잘난체 한번 못했어도
알아주는 이 없이도 그럭저럭 괜찮게 살아왔다

육십 언덕 너머 칠십 고개를 향해 간다
그 누구도 피해갈 수 없는 황혼의 인생길
신발끈 동여매며 가는 데까지 가보자

혹시 두려운 순간들이 찾아오더라도
하늘 바라보며 뚜벅뚜벅 걸어가자
선물로 허락해주신 하루하루를 감사하면서.

엄마가 부르신다

서쪽 하늘로 해 지는 줄도 모르고
땅바닥을 놀이터 삼아 나뒹굴며
선을 긋고 돌멩이를 던지고
나뭇가지를 휘저으면서 신나게 놀았다

땅거미 드리울 무렵이면
집집마다 굴뚝 연기 피어오르고
들려오는 엄마의 목소리
영희야 밥 먹어라! 철수야 밥 먹자!
우리 엄마가 부르신다

해 가고 달 가며 계절은 돌아오고
초록이 단풍으로 물들어갈 즈음
엄마 목소리 그리워질 해질녘이 되면
나 돌아가리라
그 길 따라 가리라.

인생 마무리

인생 마무리를 생각하며 살고 계시나요?
다람쥐 쳇바퀴처럼 돌고 돌며 살지라도
어느 날 갑자기 떠날 날을 기억하며 사시나요?

누구나 한때는 사랑받는 귀염둥이였지요
좌충우돌해도 예쁘게 봐주시는 분들이 있었고
심장박동 소리를 들으며 벅찬 꿈도 꾸었지요
하루하루 설레는 가슴을 안고 뛰었지요

어쩌다 짝을 만나 연애도 하고 결혼도 하고
빠듯한 살림이지만 자식도 낳고 기르며
아이 미소 덕분에 힘든 줄 모르고 살았지요
힘든 고갯길을 마다하지 않고 걸어왔지요

세상을 좀 알 것 같다고 했지만 쓴맛도 보면서
친구가 제일이라 여겼지만 배신도 당하면서
눈물 섞인 밥을 씹으면서도 꿈꾸며 살았지요
여한이 없다고 생각했지만 지나고 보니 별것 아닌 일

머리 위로 서리 내리고 하나 둘 떠나는 걸 보면
이제는 비우고 내려놓아야 한다는 것을 알게 됩니다
내게 남은 날 동안 무엇을 더 내려놓아야 할지

내게 남은 날 동안 할일이 무엇인지를 생각합니다

먼저 마음에 남아 있는 앙금부터 씻어내고
응어리를 풀고 용서하고 내려놓아야겠지요
눈앞에서 아른거리는 자녀들을 위해 기도하면서
지나온 날들이 허망한 것만은 아니었음을 생각합니다

서산 노을과 단풍이 겹치는 계절에 인생을 생각합니다
자기 인생의 끝을 아는 사람은 없을 것입니다만
일찍 숙제를 마친 사람은 먼저 집으로 돌아가고
숙제가 남아 있는 사람은 더 시간이 필요한 것이겠지요

낙엽지고 쌀쌀함이 밀려오면 인생 마무리를 생각합니다
내 인생의 시간표를 들여다보며 해피엔딩을 생각합니다
내 인생의 남은 숙제를 이제라도 시작해보려고 합니다
버릴 것은 버리고 비울 것은 비우려고 합니다

그 어느 날엔가 홀연히 정든 공간에서 사라질지라도
남은 사람들에게 웃음거리가 되지는 말아야겠지요
조금은 아쉬워해주는 사람들이 있으면 좋겠고
조금은 슬퍼해주는 사람들이 있으면 좋겠습니다.

모든 것이 은혜로다

은혜로다 은혜로다
하나님의 은혜로다

나의 나 된 것은
하나님의 은혜로다

하나님의 은혜 없이
살 수 있는 자 누구리요

모든 것이 다 하나님의 은혜로다.

아직도 나는

주여, 아직도 나는
덜 익은 풋과일입니다
철부지 어린애처럼
감정에 따라 흔들립니다
이익과 손해를 따집니다
너무나 자주 넘어집니다

주여, 이제부터라도
기도하게 하소서
기뻐하게 하소서
온유하게 하소서
겸손하게 하소서
용서하게 하소서
사랑하게 하소서
감사하게 하소서.

주님만 바라봅니다

여호와 우리 주여!
우주와 만물과 인생을 지으신 주여
어찌 인생들이 하나님의 위대하신 계획과 섭리
당신의 계획하시는 바를 어찌 다 측량할 수 있으리요?

하나님을 떠난 인생들
신神이 되고자 했던 하나님의 형상들에게
때론 진노하시지만 환란 중에도 깨닫게 하시니
너그러이 용서하신다는 약속을 믿나이다

돌아온 탕자들에게
죄의 더러움과 악의 찌꺼기가 남아 있을지라도
용서하시고 때를 따라 돕는 은혜 주시니
은혜의 보좌 앞으로 담대히 나아갑니다

실패를 반복하며 자신에게 실망할지라도
칠전팔기로 일어나 주님 형상 닮아가게 하소서
죄의 소굴에 살지언정 함께 뒹굴지 않게 하시고
십자가 예수 생각하며 천국소망 갖게 하소서

모든 문제의 해답이신 하나님!
당신의 침묵의 의미를 헤아려 알게 하시고
폭풍 속에서도 세미한 음성을 듣게 하소서
구원의 주님이여, 나를 도와주소서

하나님은 눈이 없어
보지 못하시는 분이 아니시고
하나님은 귀가 없어
듣지 못하시는 분이 아니시니.

여호와의 심판이 있으리라

역사에 나타난 괴물들은
다름 아닌 제국주의였다
유브라데와 티그리스 강가에 세워진
바빌론, 힛타이트, 앗수르와 신바빌론
메데와 파사와 헬라, 로마여!

이집트와 세상을 휩쓸어버린 몽골
동남아를 평정한 역대 왕조들
사무라이 섬나라 일본
스페인과 포르투갈 그리고 대영제국
진나라 이후 떠오른 오늘의 중국
세계대전 후 냉전시대가 지났어도
위험국가로 남아 있는 러시아
미국과 열강들이여!

잔인함이 위대함이라고 누가 말했던가?
그대들은 힘을 가졌고 무기가 있다고
약하고 작은 민족과 국가들을 멸시하고
인정사정없이 짓밟은 범죄자였는데도
아직도 회개할 줄 모르고 있구나
오로지 자기 살길만 도모하는구나

문명이란 이름으로 약탈하고
배부른 자로서 배고픈 자들을 학대하고
이념으로써 무지한 자들을 짓밟는구나
누가 너희들을 심판할 수 있을 것인가
창조주가 심판주로서 심판하시리라

형제를 죽인 가인의 후예들아
죄의 문명을 이룬 바벨론의 후예들아
여호와의 날이 이르면
반드시 심판이 임하리라
역사 속에 사라져간 나라들
제국의 흥망사를 깨달으라.

성탄절은 다가오는데

그대는 들었는가?
베들레헴 목자들의 이야기를…

그대는 보았는가?
구유에 나신 아기 예수를…

그대는 만났는가?
베드로가 만난 예수
바울이 만난 그리스도를…

연말 단상

한 해의 끝자락에 서 있다
내일도 태양은 떠오를 것이고
내일은 오늘보다 나은 날이기를 기대하면서
지금 여기에 서 있다

조금씩 앞으로 나아가다 보면
더 나은 미래가 오리라 믿었다
그렇게 소년기는 쏜살같이 가고
분주함 속에 중년이 찾아오더니만
이제야, 허리를 펴고 뒤를 돌아다보고 있다

그렇게 가버린 날들은
다시 돌아오지 않는 순간인 줄을 몰랐다
순간에 더 충실할 것을…
가는 세월을 그 누가 붙잡을 수 있으랴!

코로나가 두 해나 발목을 붙들고 있다
숱한 이야기 속에 아쉬움과 후회를 남기며
한 해도 저물어간다
새해에는 아름다운 날들이 더 많아지기를…

작가가 걸어온 삶의 여정

동송冬松 김윤홍

1950년대
-전라북도 고창 출생(57년)

1960년대
-모친이 위암으로 떠나시다(6세)
-동호초등학교에 입학하다(64년)
-부친이 고혈압으로 떠나시다(9세)

1970년대
-동호초등학교 졸업 후 어부생활을 하다
-서울로 상경하여 음식점 등에서 일하다
-주경야독하며 야학을 통해 중등 과정을 마치다
-검정고시로 중·고등학교 과정을 마치다
-삼부토건 주식회사에서 근무하다
-대한신학교에 입학하다(78년)
-폐결핵으로 휴학 후 군 복무를 하다

1980년대
-육군 제대 후 전도사로 사역하다
-안양대학교(대한신학교) 졸업 후 방송통신대학교에 편입하다
-광명서적센터를 시작하다(6년간 운영)
-광산 김씨(김광자)와 결혼하여 아들 둘을 두다
-하남시에 은혜교회(비닐하우스교회)를 개척하다(86년)
-예장(대신)에서 목사안수를 받다(87년)
-서울목회신학원에서 석사, 박사 과정을 공부하다

1990년대

-건국대학교 대학원에서 역사교육을 전공하다
-교회성장을 위해 전심전력하다
-이집트, 이스라엘 등 성지순례를 하다
-하남시에 호산나어린이집을 설립하다
-모범사회학교에서 검정고시 준비생들을 가르치다
-한국 어린이선교신학교 교수로 활동하다
-월드비전(강동, 송파지구) 고문을 역임하다
-하남시 기독교연합회 부회장으로 활동하다
-현대아파트 단지로 입당하여 사역 중 IMF위기를 맞이하다
-교회를 합병하고 신월중앙교회에서 사역하다
-남양주에 사랑어린이집을 개원하다

2000년대

-대한신학대학원대학교에서 조직신학을 전공하다
-남양주에 큰사랑교회를 설립하다(02)
-무료공부방 솔로몬애프터스쿨을 개원하다(02)
-아가페 도서관을 설립하다(03)
-아동복지시설 와부지역아동센터를 설립하다(05)
-가정폭력, 성상담사 자격을 취득하다(05)
-남양주시 사회복지협의회 창립멤버로 활동하다
-한마음요양보호사교육원을 설립하다
-사회복지 관련 컨설팅을 계속하다
-민들레영농조합을 설립하다
-고래산수양관, 민들레자연학교를 개원하다
-『모던포엠』을 통해 등단하다(신인작가상 수상)
-서울 한영대에서 박사 과정을 이수하다(실천신학 전공/철학박사)
-서울 한영대와 평생교육원에서 가르치다
-『참된 영성 바른 기도』(쿰란출판사) 등 다양한 전문도서를 출간하다
-소아시아 지역의 성지순례를 하다
-남양주지역아동센터협의회 창립멤버로 활동하다
-남양주기독교연합회 부회장/와조연 회장으로 활동하다

2010년대

-시집 1,2,3집을 출간하다

-사단법인 우리들행복나눔 창립멤버로 활동하다
-한사랑실버홈을 개원하다(11)
-평생교육사를 취득하다(11)
-명순 누님이 떠나다(12)
-글로벌 평생교육원을 설립하다(13)
-한사랑케어, 너싱홈을 개원하다(13)
-미국 서부지역을 탐사하다
-대한예수교장로회(한영) 서울노회장을 역임하다
-남양주시 사회적기업가 대학을 수료하다
-선교사역에 나서다(몽골, 캄보디아, 필리핀, 남아공 등)
-사회복지사 1급을 취득하다(보건복지부장관)
-청소년지도사 2급을 취득하다(여성가족부장관)
-아내와 미국 동부지역과 캐나다를 다녀오다
-한국목양문학회 임원으로 활동하다
-목양문학상을 수상하다(17)
-상록수문학회 운영이사로 활동하다
-다산 시문학 대표로 활동하다
-아들 성민이가 박윤미를 만나 결혼하다
-독서지도사 자격증을 취득하다

2020년대
-손자 은찬이가 태어나다(20)
-예장(합동개혁) 총회장으로 취임하다
-필리핀에 스마트 한사랑교회를 세우다
-시집 4,5집을 출간하다